126

Para Blanca, Carmina y Adela,
por haber escuchado con cariño ésta y otras historias.

Para José Mari, Choche y Gelín, mis hermanos,
protagonistas de este cuento.

Javier Sobrino

A ellas, alentadoras y cómplices de sueños.

Esperanza León

El lugar más maravilloso

Javier Sobrino · Esperanza León

thule

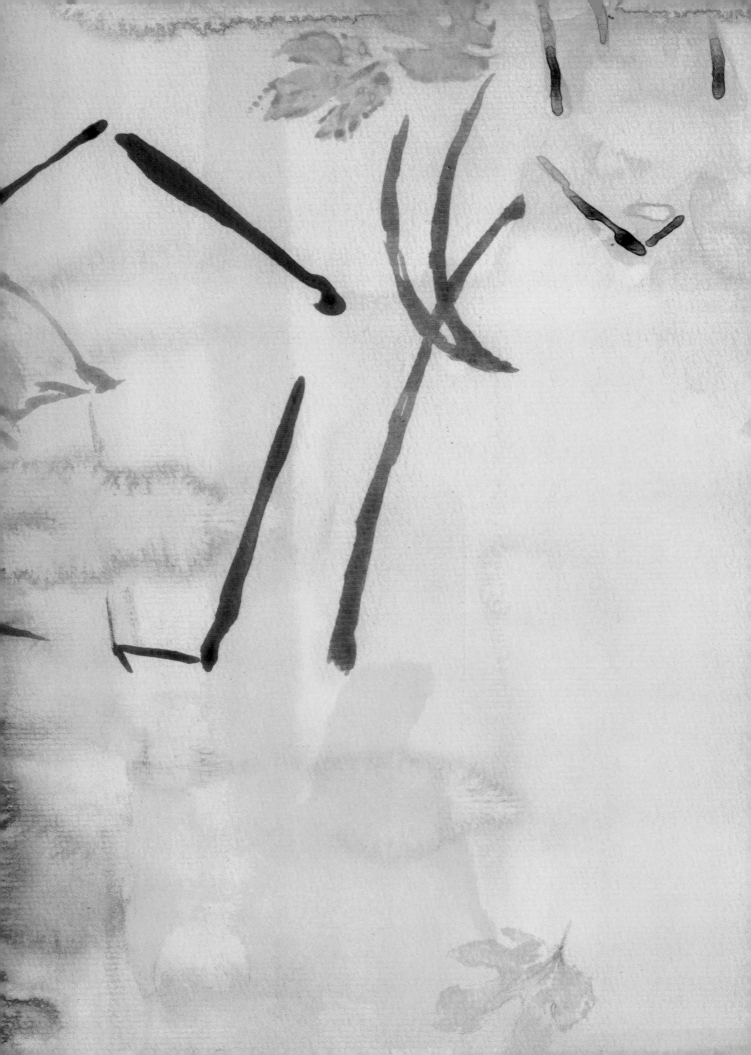

Mi higuera era el lugar más maravilloso
del mundo. Estaba entre un naranjo
y un manzano, cerca del gallinero. Allí,
yo era el capitán.

Siempre que estaba solo, me subía a sus
ramas más bajas. Me sentaba en una que
tenía la forma de una bicicleta. Cerraba los
ojos y empezaba a pedalear, a pedalear, y…

Ascendía a lo más alto del cerezo
para comer las cerezas rojas. Y no
tenía que conformarme con las verdes
que me dejaban mis hermanos.

Corría detrás del perro por la hierba, sin
caerme. Y ellos no me ponían la zancadilla,
ni me golpeaba con la nariz en el suelo.

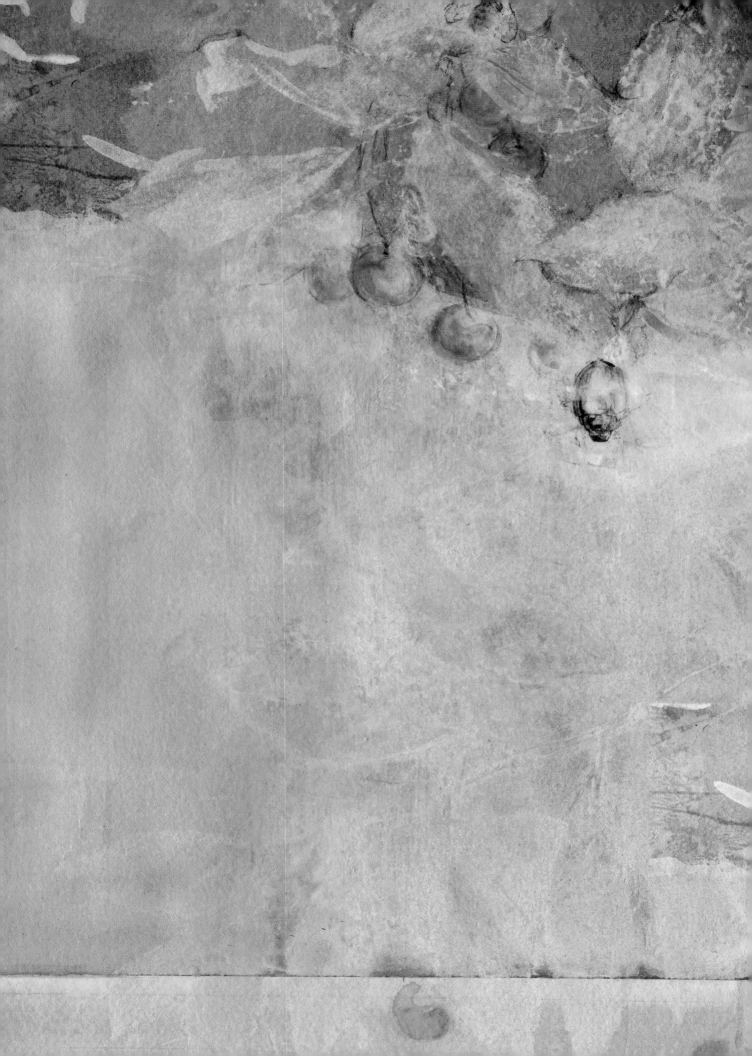

Bajaba con el camión de madera
por el camino del maizal y el aire
me daba en la cara. Y ni una vez
tenía que subir la cuesta arrastrándolo.

Si nos llamaba mi padre, llegaba el primero
al establo. Él nos daba leche recién ordeñada.
Estaba caliente y me relamía con su sabor.
Y mis hermanos no me mojaban las orejas
con ella.

Mi higuera era el lugar más
maravilloso del mundo porque
allí besaba a mi querida Ángela,
sin ponerme colorado. Y porque…

Jugaba los partidos de delantero
y metía goles. Nunca era el portero
aburrido al que empujan y dan balonazos.

Volaba alrededor del gallinero imitando
el sonido del milano, y asustaba a todas
las gallinas. Y, sin embargo, a mí no me
daba miedo subir a la cama solo y a oscuras.

Llegaba a la escuela por la senda
sin mojarme las piernas. Y no me caía
ni una lágrima si mis hermanos corrían
y me dejaban atrás.

Viajaba en mi velero por los mares del sur.
Era el capitán al que todos los piratas seguían.
Y no tenía que estar siempre de guardia,
cuidando el tesoro.

Pero una tarde, mi higuera dejó de ser
el lugar más maravilloso del mundo.
Mi madre me llamó:
—¡Nicolás!

Y no sé si fueron las jarcias del barco pirata
o los radios de la bicicleta los que me enredaron,
pero caí de la higuera y me ortigué las piernas.
Corrí hacia casa llorando. La piel me ardía.
Lloraba, y eso que no quería.

Llegué a la cocina y mi madre me abrazó.
Me hundí en su pecho, noté su aroma
y sentí su corazón. Ella me dio besos.
Limpió mis lágrimas.
Acarició mi pelo y sonrió.

Aunque las piernas me picaban mucho,
allí descubrí que aquel era, de verdad,
el lugar más maravilloso del mundo.

El lugar más maravilloso

© 2009 Javier Sobrino (texto)
© 2009 Esperanza León (ilustraciones)
© 2009 Thule Ediciones, S.L.
        Alcalá de Guadaíra, 26, bajos
        08020 Barcelona

Director de colección: José Díaz
Diseño y maquetación: Jennifer Carná

EAN: 978-84-92595-29-7
D. L. : B-28865-2009
Impreso en Gráficas 94, Sant Quirze del Vallès

www.thuleediciones.com

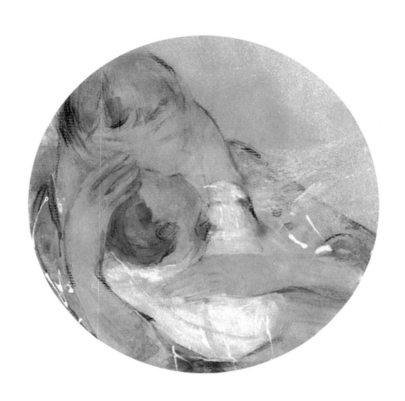